Uranias

*Mini-Bibliothek*

# ZEN WEISHEIT

*Uranias*

# *Mini-Bibliothek*

*In der gleichen Reihe*

Engel

☆

Keltische Segenssprüche

☆

Wunder

*Uranias*

*Mini-Bibliothek*

# ZEN WEISHEIT

*Zusammengestellt von*
John Baldock

Urania Verlags AG

1. Auflage: 1. bis 7. Tausend, 1996

ISBN 3-908645-07-7



Titel der Originalausgabe: «The Little Book of Zen Wisdom»
Buchdesign: Bridgewater Books / Ron Bryant-Funnell
Zusammenstellung der Photos: Felicity Cox
Hintergrundtextur der Seiten: Sarah Bentley
Übersetzt aus dem Englischen von Martin Rometsch
Deutscher Satz: GBS, CH-3250 Lyss
Printed in Italy

## Vorwort

Die Aphorismen und Geschichten auf den folgenden Seiten vermitteln dem Leser einen kleinen Einblick, einen tiefgründigen Humor und die Weisheit der Zenmeister aus verschiedenen Jahrhunderten.

Einerlei, welche Methode der Zenmeister benutzt –
einen traditionellen *Koan* (paradoxer Ausspruch) oder
*Mondo* (Dialog), Streiche oder Tätlichkeiten –,
er ist im Grunde der Finger, der auf den «Mond» deutet,
auf die Erleuchtung oder Selbstverwirklichung,
die Loslösung von allen körperlichen und geistigen
Vorurteilen, die zur sofortigen und unmittelbaren
Erkenntnis der Wirklichkeit führt.

Ob Sie in diesem Büchlein blättern oder es vom
Anfang bis zum Ende lesen, ist nebensächlich.
Aber lassen Sie sich die Worte der Zenmeister durch
den Kopf gehen, damit Sie den Geschmack des Zen
wirklich genießen können. Befolgen Sie den Rat
des weisen Lao-tzu:

Handle *wu-wei.* Wenn du nichts tust,
erreichst du dein Ziel, ohne danach zu streben.
Genieße, was du nicht schmecken kannst.

(Wenn ein Meister sowohl unter einem chinesischen wie auch unter einem japanischen Namen bekannt ist, werden beide angegeben.)

Alles im Universum kommt
aus dem Nichts.
Das Nichts, das Namenlose,
ist der Anfang …
Folge dem namenlosen Tao,
und du wirst so, wie das Tao ist: Du brauchst
nichts mehr,
und du siehst die Herrlichkeit und
die Wurzel alles Seienden.

*Tao Te Ching, Kap. 1*

Die Lehre, die zur Transformation führt, ist *furyu monji,** und das ist Zen. Kein Lehrer fragt, und niemand klärt dich auf. Es gibt nichts zu lehren. Du erleuchtest dich selbst. Versetze dich einfach mit aller Macht in den Zustand, in dem kein einziger Gedanke mehr aufsteigt.

*Dogen (1200 – 1253)*

* furyu monji *bedeutet «nicht vom geschriebenen Wort abhängen». Hier können wir es mit «unmittelbarer Erfahrung» übersetzen.*

In eine Seele, die völlig frei
von Gedanken und Emotionen
ist, kann selbst der Tiger seine
wilden Krallen nicht schlagen.

*Zen-Gedicht*

# Ein-Finger-Zen

Der Zenmeister Gutei pflegte einen Finger zu heben, wenn er eine Frage über Zen beantwortete. Ein sehr junger Schüler begann ihn nachzuahmen, und wann immer jemand ihn fragte, was sein Meister lehre, hob er einen Finger.

Das kam Gutei zu Ohren, und als er den Knaben eines Tages dabei ertappte, packte er ihn und schnitt ihm den Finger ab.

Als der Knabe weinend weglief, schrie Gutei: «Halt!» Der Knabe blieb stehen, drehte sich um und blickte durch seine Tränen den Meister an.

Gutei hielt einen Finger hoch. Der Knabe wollte es ihm nachtun; doch als er merkte, daß der Finger weg war, verbeugte er sich vor dem Meister.

In diesem Augenblick wurde der Knabe erleuchtet.

*Zen-Geschichte*

Gehe nicht in den
Fußstapfen der Meister.
Suche, was sie suchten.

*Zen-Ausspruch*

Nur wenn du keine Dinge im Geist
und keinen Geist in den Dingen hast,
bist du frei und spirituell,
leer und wunderbar.

*Te-shan / Tokusan (780 – 865)*

Hör auf zu reden, hör auf zu denken,
und es gibt nichts mehr,
was du nicht verstehst.
Kehre zur Wurzel zurück, und du
findest den Sinn.
Strebe zum Licht, und du verlierst
eine Quelle …
Du brauchst die Wahrheit nicht zu
suchen – hör einfach auf,
Meinungen zu haben.

*Seng-ts'an / Sosan (gest. 600)*

Vier Zenschüler verabredeten, sieben Tage lang in der Stille zu meditieren.

Am ersten Tag waren alle still – ihre Meditation hatte vielversprechend begonnen. Doch als die Nacht kam und die Öllampen trüb wurden, konnte einer der Schüler nicht mehr an sich halten, und er rief einem Diener zu: «Fülle die Lampen auf!»

Der zweite Schüler war überrascht, als er den ersten reden hörte. «Wir wollten doch kein Wort sagen», warf er ein.

«Ihr Dummköpfe», schalt der dritte, «warum sprecht ihr?»

Daraufhin prahlte der vierte laut: «Ich bin der einzige, der geschwiegen hat.»

*Zen-Geschichte*

Wenn du gehst, dann gehe.
Wenn du sitzt, dann sitze.
Und vor allem: Schwanke nicht.

*Yun-men / Ummon (gest. 949)*

## GEIST-LOS, GEDANKEN-LOS

Ein Mönch fragte einen Zenmeister: «Woran soll man denken, während man sitzt?»†

«Man denkt ans Nicht-Denken», erwiderte der Meister.

«Wie denkt man ans Nicht-Denken?» wollte der Mönch wissen.

«Indem man nicht denkt», sagte der Meister.

*Zen-Geschichte*

*† Mit dem «Sitzen» ist Zazen, die Meditation, gemeint.*

Viele Menschen haben Angst, ins Nichts zu stürzen, wenn sie ihren Geist leeren. Sie wissen nicht, daß ihr eigener Geist das Nichts ist. Unwissende meiden Phänomene, aber nicht das Denken. Weise meiden das Denken, aber nicht die Phänomene.

*Huang-Po / Obaku (gest. um 850)*

Bevor du Zen studierst, sind Berge Berge, und Flüsse sind Flüsse. Nach dem ersten Einblick in die Wahrheit des Zen sind Berge keine Berge und Flüsse keine Flüsse mehr. Doch nach der Erleuchtung sind Berge wieder Berge, und Flüsse sind wieder Flüsse.

*Ch'ing-yuan / Seigen (gest. 740)*

Es ist dasselbe und doch nicht dasselbe. Es ist verschieden und doch nicht verschieden.

*Zen-Ausspruch*

Wer die Wahrheit durch Intellekt und Gelehrsamkeit ergründen will, entfernt sich immer weiter von ihr. Erst wenn deine Gedanken aufhören, sich überallhin zu verästeln, erst wenn du aufhörst, etwas zu suchen, erst wenn dein Geist reglos wie Holz oder Stein ist, befindest du dich auf dem richtigen Weg zum Tor.

*Huang-Po / Obaku (gest. um 850)*

Die Menschen wissen nicht,
wie nahe die Wahrheit ist;
sie suchen sie in der Ferne – wie traurig!
Sie gleichen einem Manne,
der mitten im Wasser steht
und vor Durst jämmerlich schreit.

*Hakuin (1683 – 1768)*

## LEERE DEINE TASSE

Ein Universitätsprofessor besuchte Nan-in, um etwas über Zen zu erfahren.

Nan-in servierte ihm Tee. Er füllte die Tasse seines Gastes bis zum Rand und goß weiter Tee hinein. Der Professor sah zu, wie die Tasse überfloß, und schließlich konnte er nicht mehr an sich halten. «Sie ist zu voll. Es geht nichts mehr hinein.»

«Wie diese Tasse», sagte Nan-in, «bist auch du mit Meinungen und Vermutungen gefüllt. Wie kann ich dich Zen lehren, bevor du deine Tasse geleert hast?»

*Zen-Geschichte*

# Wasche deine Schale aus

Ein Mönch kam zu Chao-chou [Joshu] und fragte: «Was bedeutet Zen?»

Der Meister entgegnete: «Hast du gefrühstückt?»

«Ja», sagte der Mönch, «ich habe gegessen.»

«Dann wasche deine Schale aus», sagte Chao-chou.

In diesem Augenblick wurde der Mönch erleuchtet.

*Zen-Geschichte*

Die Menschen in der Welt
zweifeln nicht.
Erst wenn man sie belehrt,
fangen sie an zu zweifeln.

*Zen-Gedicht*

Die Lehre des Buddha verstehen heißt, sich selbst verstehen. Sich selbst verstehen heißt, sich selbst vergessen. Sich selbst vergessen heißt, durch alles, was ist, erleuchtet werden. Durch alles, was ist, erleuchtet werden heißt, sich vom Körper und vom Geist lösen.

*Dogen (1200 – 1253)*

## Was ist Buddha?

Ein Mönch fragte Ma-tsu [Baso]:
«Was ist Buddha?»
Ma-tsu erwiderte: «Dieser Geist ist Buddha.»

Ein Mönch fragte Ma-tsu: «Was ist Buddha?»
Mat-su entgegnete: «Dieser Geist ist nicht Buddha.»

*Zen-koan*

Was die Buddhanatur betrifft, so gibt es keinen Unterschied zwischen einem Erleuchteten und einem Unwissenden; aber der eine weiß das, der andere weiß es nicht – das ist alles.

*Hui-neng / Daikan (637 – 713)*

Wer glaubt, er müsse *bodhi* [die Erleuchtung] erlangen und durch Disziplin vertiefen, macht sich des Hochmuts schuldig.

*Saptasatika-prajna-paramita-sutra,* Vers 234

## Im Geist oder ausserhalb?

Fa-yen [Hogen] lebte allein in einem kleinen Tempel auf dem Land. Eines Tages hörte er, wie vier Wandermönche sich über das Subjektive und das Objektive stritten. Er ging zu ihnen und sagte: «Dort ist ein großer Stein. Was meint ihr – ist er in eurem Geist oder außerhalb?»

Einer der Mönche antwortete: «Für Buddhisten ist alles vom Geist geschaffen. Darum denke ich, der Stein ist in meinem Geist.»

«Dein Kopf muß ja sehr schwer sein», sagte Fa-yen, «wenn du einen so großen Stein in deinem Geist herumschleppst.»

*Zen-Geschichte*

## Eine Tat sagt mehr als Worte

Po-chang [Hyakujo] hatte so viele Schüler, daß er ein neues Kloster eröffnen mußte. Um einen geeigneten Verwalter zu finden, rief er die Mönche zusammen, stellte einen Wasserkrug vor sie hin und sagte: «Sagt mir, was das ist, ohne es einen Wasserkrug zu nennen.»

Der erste der Mönche sagte: «Man kann es doch nicht 'Holzklotz' nennen!»

Daraufhin stieß der Koch des Klosters den Krug um und ging. Er wurde der Verwalter des Klosters.

*Zen-Geschichte*

Wenn du mit dem Geist an
deinem Geist arbeitest –
wie kannst du dann ein gewaltiges
Chaos in deinem Kopf verhindern?

*Seng-ts'an / Sosan (gest. 600)*

Der Geist selbst
führt den Geist in die Irre.
Hüte dich vor dem Geist.

*Zen-Gedicht*

Der vollkommene Mensch benutzt seinen Geist als Spiegel. Er hält nichts fest, er weist nichts zurück. Er empfängt, aber er behält nicht.

*Chuang-tzu / Soshi (gest. um 275 v. Chr.)*

## ACH, WIRKLICH?

Der Zenmeister Hakuin wurde von seiner Nachbarn verehrt, weil er ein reines Leben führte.

Eines Tages wurde ein schönes Mädchen, das nicht weit von Hakuin wohnte, schwanger. Ihre Eltern waren sehr zornig. Zuerst wollte das Mädchen nicht sagen, mit wem sie sich eingelassen hatte; aber sie setzten ihr so lange zu, bis sie Hakuin nannte. Wütend gingen die Eltern zu Hakuin; doch alles, was er sagte, war: «Ach, wirklich?» Nachdem das Kind geboren war, brachte man es zu Hakuin, der sehr gut für es sorgte. Milch, Nahrung und alles, was das Kind sonst noch brauchte, erhielt er von seinen Nachbarn. Ein Jahr später hielt die junge Mutter es nicht mehr aus, und sie gestand ihren Eltern die Wahrheit: Der Vater des Kindes war ein junger Mann, der auf dem Fischmarkt arbeitete. Die Eltern gingen sofort zu Hakuin, um ihn zu unterrichten und das Kind zurückzuholen. Sie entschuldigten sich überschwenglich und baten ihn um Verzeihung. Hakuin hörte sie an, gab ihnen bereitwillig das Kind und sagte dann: «Ach, wirklich?»

*Zen-Geschichte*

Ein Mensch, den wir für einen Narren halten, ist nicht unbedingt ein Narr. Vielleicht behält er nur seine Weisheit für sich.

*Zengetsu*

## WAS BEWEGT SICH?

Zwei Mönche diskutierten über eine Fahne, die im Wind wehte.

Der eine sagte: «Die Fahne bewegt sich.»

Der andere sagte: «Der Wind bewegt sich.»

Da kam zufällig Hui-neng [Daikan], der sechste Patriarch, vorbei.
Er sagte ihnen: «Weder der Wind noch die Fahne, sondern der Geist bewegt sich.»

In diesem Augenblick wurden beide Mönche erleuchtet.

*Zen-Geschichte*

# Das Fenster zur Erleuchtung

Erleuchtung heißt, das eigene Wesen erkennen, und das bedeutet, das Wesen des Kosmos und aller Dinge erkennen. Dies ist das Fenster zur Erleuchtung. Wir können das wahre Wesen der Dinge Wahrheit nennen. Im Buddhismus wird es seit langer Zeit Soheit oder Buddha-Natur genannt. Im Zen heißt es Nichtheit, die eine Hand oder das wahre Gesicht. Die Bezeichnungen sind unterschiedlich; aber ihr Inhalt ist genau derselbe.

*Hakuun Yasutani Roshi (1885 – 1973)*

Welches Geräusch entsteht durch Händeklatschen mit einer Hand?

*Zen-Koan*

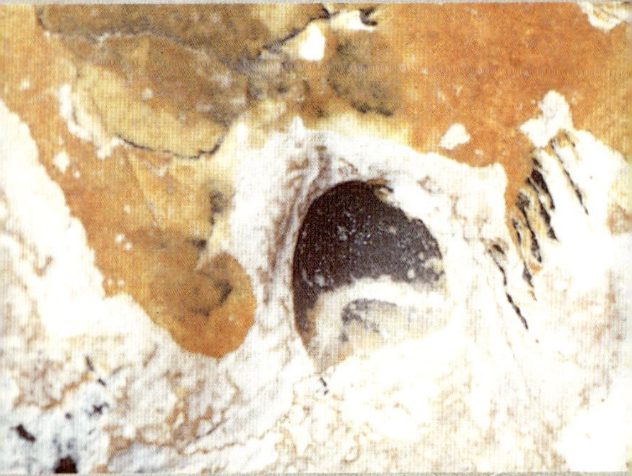

# Der Blick in das eigene Wesen

Wenn du einen Koan aufgreifst und unablässig darüber nachdenkst, verstummen bald deine Gedanken und die Forderungen deines Ichs. Es ist, als öffne sich ein gewaltiger Abgrund vor deinen Füßen, ohne daß du ihm ausweichen kannst. Du stehst dem Tod gegenüber, und dein Herz scheint zu brennen. Dann bist du plötzlich eins mit dem Koan und löst dich vom Körper und vom Geist … Das nennen wir «in das eigene Wesen blicken». Du mußt unaufhörlich nach vorne streben, und mit Hilfe dieser scharfen Konzentration wirst du gewiß zur unendlichen Quelle deines Wesens vordringen.

*Hakuin (1683 – 1768)*

# WER HÄLT DICH FEST?

Ein Schüler fragte Seng-ts'an [Sosan]: «Wie kann ich mich befreien?»

«Wer hält dich fest?» entgegnete Seng-ts'an.

«Niemand hält mich fest.»

«Warum willst du dich dann befreien?» fragte Seng-ts'an.

In diesem Augenblick wurde der Schüler erleuchtet.

*Zen-Geschichte*

Du kannst es nicht beschreiben,
du kannst dir kein Bild davon machen.
Du kannst es nicht bewundern,
du kannst es nicht fühlen.
Es ist dein wahres Selbst,
das kein Versteck hat.
Wenn die Welt zerstört wird,
bleibt es unversehrt.

*Zen-Gedicht*

# Keine Arbeit, kein Essen

Po-chang [Hyakujo], der chinesische Zenmeister, arbeitete noch im Alter von achtzig Jahren jeden Tag mit seinen Schülern. Er pflegte die Gärten, säuberte die Fußböden und beschnitt die Bäume.

Die Schüler empfanden Mitleid, als sie den alten Lehrer so hart arbeiten sahen; aber sie wußten, daß er ihre Bitte, sich zu schonen, nicht erfüllen würde. Darum versteckten sie seine Werkzeuge.

An diesem Tag aß der Meister nichts. Auch am nächsten und am übernächsten Tag aß er nichts. «Vielleicht ist er zornig, weil wir seine Werkzeuge versteckt haben», mutmaßten die Schüler. «Es ist besser, wenn wir sie zurücklegen.»

Sobald sie das getan hatten, arbeitete und aß der Lehrer wie zuvor. Am Abend belehrte er sie: «Keine Arbeit, kein Essen.»

*Zen-Geschichte*

Ohne aus der Tür zu gehen,
kannst du die Welt erfahren.
Ohne dein Fenster zu öffnen,
kannst du des Himmels Sinn erfassen.
Du siehst: Je weiter du gehst,
desto weniger weißt du …

*Tao Te Ching, Kap. 47*

Es gibt keinen Buddha und keinen spirituellen Weg, dem du folgen kannst. Es gibt keine Ausbildung und keine Erkenntnis. Wonach also suchst du so fieberhaft?

*Lin-chi / Rinzai (gest. 867)*

Ruhig sitzen, nichts tun,
der Frühling kommt, und das Gras
wächst von selbst.

*Das Zenrin*

## DANKSAGUNGEN

Die Zitate stammen aus folgenden urheberrechtlich geschützten Quellen. Wir haben uns bemüht, solche Quellen aufzuspüren. Sollten wir dabei Fehler gemacht oder ein Copyright übersehen haben, bitten wir um Entschuldigung. Wir werden den Irrtum in den nächsten Auflagen richtigstellen.

S. 5, 7, 43: *Tao te Ching: The New Translation.* Copyright 1993 der Übersetzung: Man-Ho Kwok, Martin Palmer, Jay Ramsay.

S. 30, 31, 40: Alan Watts, *The Way of Zen*, Copyright © 1957 Pantheon Books, Random House Inc.

S. 8, 17b, 22, 32: *Immovable Wisdom – The Art of Zen Strategy: The Teachings of Takuan Soho.* Zusammengestellt und übersetzt von Nobuko Hirose. Copyright © 1991 Nobuko Hirose.

S. 9, 33, 41: *The Modern Mystic: A New Collection of Early Writings of Alan Watts.* Copyright © 1990 Mark Watts und John Snelling.

S. 13: *Buddhist Texts*, hrsg. v. Edward Conze. Verlag Bruno Casirer, Oxford.

S. 14, 20, 26, 29, 35, 36, 42: *Zen Flesh, Zen Bones.* Zusammengestellt von Paul Reps. Copyright © 1957 Charles E. Tuttle Co., Inc.

S. 15 a, 21, 23, 37, 39, 44: *The Elements of Zen.* Copyright © 1992 David Scott und Tony Doubleday.

S. 16, 18: *The Zen Teaching of Huang Po.* Übersetzt von John Blofeld. Rider, London.
S. 19: D. T. Suzuki, *Essays in Zen Buddhism.* Rider, London, und Grove Press, Inc., New York.
S. 27: Oswald Sirèn, *The Chinese on the Art of Painting.* Schocken Books, New York.
S. 45: Haiku, Bd. 1, hrsg. v. R. H. Blyth. The Hokuseido Press.

Der Verlag bedankt sich bei folgenden Institutionen für die Erlaubnis, Bilder nachzudrucken:
The Bridgeman Art Library – S. 9, 16, 17
Archiv englischer Übersetzungen, British Museum – S. 10, 11, 32, 33
Archiv englischer Übersetzungen, Freer Gallery of Art – S. 12, 46